AF331290

DES INTÉRÊTS

DU JOUR.

Prix, 30 centimes.

PARIS,

Chez CORRÉARD, libraire, Palais-Royal, galerie de bois,

29 mai 1820.

DES INTÉRÊTS

DU JOUR.

Dans la discussion à jamais mémorable qui retentit aujourd'hui par toute la France, et qui tient en suspens toutes nos destinées, on dirait que les députés du côté gauche sentant que c'est en eux que réside toute la représentation nationale, se sont imposé le devoir de faire à eux seuls autant d'efforts pour sauver la liberté, qu'en devrait faire une chambre entièrement constitutionnelle, et l'on dirait aussi que leurs forces se sont accrues en raison de l'immensité de leur tâche. Des talens jusqu'alors ignorés du public et peut être ignorés en partie de ceux qui les possèdent, se sont élevés tout à coup pour confondre l'imposture des ennemis du trône et de la nation.

Déjà la grande question qui occupe encore ces dignes citoyens, était résolue dans le public long-temps avant qu'ils s'en fussent emparés à la tribune ; mais ce jugement de l'instinct national avait besoin d'une sanction, il vient de

la recevoir dans la lumineuse opposition du côté gauche.
Aujourd'hui l'indignation de la France se trouve légitimée
par l'indignation de ses représentans.

On ne devait pas s'attendre à ce que la cause de l'aristocratie en lutte avec la cause nationale, jetât beaucoup
d'éclat, à ce que ses avocats déployassent de grands
moyens ; toutefois on a été frappé de la stérilité de leurs
discours, de la futilité de leurs argumens.

La discussion générale est terminée. Peut-être serait-il
curieux de remettre sous les yeux au public, en les réunis-
sant, les principaux raisonnemens par lesquels on a pré-
tendu nous faire renoncer à nos libertés. Je vais l'essayer.

M. de Bonald veut l'aristocratie dans la chambre des
députés, et cela, dit-il, pour éviter la lutte qui devrait nécessairement exister entre cette chambre, si elle était
démocratique, et la chambre des pairs qui est essentiellement aristocratique; il ne conçoit pas que deux élémens
aussi dissemblables puissent jamais s'accorder. On voit
d'abord où conduit ce raisonnement : puisqu'il faut que le
ministère marche avec les chambres, il faudra aussi qu'il
soit composé d'aristocrates, et l'on juge sans beaucoup de
peine, que l'aristocratie étant devenue le principe et le
moyen unique du gouvernement, elle doit nécessairement
en devenir le but. M. de Bonald se défendrait peut-être
tout haut d'avoir voulu une pareille conséquence ; mais on
sent qu'elle est rigoureuse.

Nos adversaires nous ont dit souvent que la constitution
reconnaissait trois élémens, et dans ce nombre ils ont bien
voulu compter la démocratie ; mais s'ils ne la placent pas
dans la chambre des députés, où la mettront-ils ?

On dirait que M. de Villèle s'est attaché à éviter le nom
d'aristocratie : dans tout son discours la chose est déguisée

sous le nom de propriété. L'orateur veut que les élections
soient remises à la *propriété*, parce qu'il faut, dit-il, que ses
intérêts soient représentés. Il est facile de voir que dans
le langage de M. de Villèle, propriété veut dire *grande
propriété* ou autrement aristocratie. Mais alors même qu'il
aurait pris ce mot dans son acception la plus générale, serait-
il plus fondé à dire que la propriété seule doit être repré-
sentée ? Je reviendrai sur cette question en examinant les
moyens d'un autre orateur. M. de Villèle assure ensuite
que la nouvelle loi n'aura pas pour effet d'exclure les talens ,
que seulement elle leur imprimera une direction. Mais je
demande ce que c'est que des talens qui doivent suivre
servilement une route tracée , sans pouvoir s'en écarter ?
Je demande quel sera le privilège et l'influence des talens
que voudra bien s'associer l'aristocratie ? M. de Villèle a-t-
il voulu dire que la nouvelle loi n'empêcherait pas d'arron-
dir des périodes ? Je le crois comme lui.

M. de Corbières désespérant de justifier la loi quant au
fond , a eu recours à des arguties sans nombre pour la justifier du reproche de violer la lettre de la charte. Mais il
ne s'agit pas de savoir si une rédaction précise pour le
plus grand nombre , peut se prêter pour quelques gens à
une interprétation captieuse, ce qu'il s'agit de savoir, c'est
si cette interprétation ne tend pas à détruire tous les droits ,
ailleurs solennellement reconnus et clairement exprimés.

Tous les raisonnemens du côté droit ont été fournis
à peu de chose près, par les orateurs que je viens de
citer.

MM. de la Bourdonnaye et Sallaberry se sont plus spé-
cialement chargés de la partie des injures, et il faut con-
venir qu'ils s'en sont fort bien acquittés ; s'ils n'ont pas
fait comprendre à la nation que les 80,000 électeurs que

l'on veut exclure, sont autant d'anarchistes, et que les députés de leur choix sont autant d'instrumens de trouble et de révolution, ce n'est certainement pas à défaut de s'être exprimés clairement.

Viennent ensuite les moyens fournis par le ministère.

Ces moyens se divisent aussi en raisonnemens, ou du moins en forme de raisonnemens, et en injures : M. Pasquier a bien voulu se charger de cette dernière partie. Il a entrepr s aussi de nous prouver que nous devions vouloir une aristocratie, et cela sur la foi d'Athènes et de Rome; car, rien n'est commode pour un orateur, comme l'autorité des exemples ; applicables ou non, ils suppléent toujours merveilleusement dans le discours aux preuves qu'on ne saurait fournir dans le cas présent. Puis, poursuivant le système de mystification qu'il a adopté dans la discussion des lois d'exception, M. Pasquier a vanté les avantages de la stabilité : « C'est de la stabilité qui nous manque, a-t-il-dit, « c'est de la stabilité qu'il nous faut » ; et aussitôt il a voté la destruction de la loi du 5 février, comme il avait voté la suspension de la liberté individuelle , et de la liberté de la presse.

M. Capelle a fait valoir contre la loi un faux principe qu'il a sciemment appuyé sur une fausse allégation. Ce faux principe, c'est que le droit de représentation réside exclusivement dans les intérêts que suppose la contribution; d'où il a conclu, que, là où était la plus grande somme de contribution, était aussi un intérêt, un droit plus grand à être représenté. La fausse allégation sur laquelle il a appuyé ce principe, c'est que les électeurs de 300 à 500 fr., qui sont les plus nombreux, ne forment pas a vingtième partie de la contribution. Qu'ils soient dans cette proportion par rapport à la contribution totale, cela est possible; mais, c'était par rapport à la contribution électorale qu'il fallait établir cette infériorité, c'est-à-dire, par rapport à la somme de contribution depuis 3oo fr. Que si M. Capelle veut voir absolument le droit de représentation dans la classe qui paye la plus grande partie de la contribution, il faut qu'il déchire la charte en sens inverse, et qu'il remette les élections aux contribuables au-dessous de 3oo fr.; mais non : le droit de représentation réside ailleurs; il réside dans la masse des intérêts communs à tous, par conséquent chez tous. La liberté individuelle, la liberté de conscience, l'égalité devant la loi, la liberté de la presse qui, moyen politique sous un rapport, est un droit sous un autre, puisqu'elle est nécessaire à la satisfaction d'une faculté naturelle, tous ces intérêts constituent suffisamment chez chacun le droit, ou si l'on veut, le besoin d'être représenté. L'intérêt de propriétés, sous mille formes différentes, ne se trouve-t-il pas, en outre, chez chaque individu? Si la charte exige une certaine somme de contribution de la part de l'électeur et de l'élu, ce n'est pas comme le signe d'un intérêt particulier, mais bien comme une garantie morale; elle a pensé qu'une certaine aisance rendait moins accessible à la corruption et supposait plus de lumières; et ce serait une grave erreur que de voir un autre motif dans cette disposition.

M. Cuvier nous assure qu'il a toujours cru et qu'il croit encore que le mode d'élection directe est le meilleur : comment se fait-il donc qu'il se prête à le détruire ? comment se fait-il donc qu'il lui attribue les inconvéniens qu'il croit reconnaître à la loi du 5 février ? comment ne cherche-t-il pas ces inconvéniens dans les autres dispositions de cette loi ? comment enfin consent-il à remplacer le meilleur mode d'élection selon lui, par un mode mauvais, puisqu'en politique le meilleur est le bon ? Voilà, sans doute, un grand problême à résoudre.

La loi du 5 février est mauvaise, selon M. Cuvier, parce qu'elle devait avoir pour effet de rapprocher les parties, et qu'ils sont plus divisés que jamais ; parce qu'elle devait produire un bon ministère, et que ce ministère est encore à trouver. Ce sont là des faits, sans doute ; mais ces faits peuvent-ils être attribués à la loi du 5 février ? A-t-elle été exécutée cette loi ? La chambre des députés est-elle, comme elle devrait l'être, entièrement composée par elle ? Non : et c'est parce que son entière exécution devait faire taire toutes les factions, les soumettre toutes au parti national, c'est parce qu'elle devait amener un bon ministère, que les ministres et la faction de 1815, en voyant approcher le moment de tous ces résultats, se sont réunis pour la détruire.

Tel est le cercle des déceptions qu'ont parcouru tour-à-tour les ennemis des libertés publiques, et dans lequel ils ont essayé de nous enfermer. Mais la nation a entendu ses mandataires.

ART. 2.

A mes camarades, soldats de la vieille armée,

Vétérans français.

La nation nous a proclamés son espoir ; elle a pensé que ses vieux enfans ne lui manqueraient pas au jour du danger. Elle nous a associés à sa garde nationale. La loi de recrutement nous a vengés de la répudiation déjà si glorieuse pour nous, que l'Europe en armes au sein de notre patrie avait cru devoir exiger comme une garantie indispensable à sa sécurité. Louis XVIII, en demandant aux chambres l'autorisation de nous rappeler sous les drapeaux, nous a donné un noble gage de son estime et de sa confiance. Chacun de nous, au milieu de sa famille, a pu dire avec orgueil : *La patrie se souvient de moi !*

Il nous appartient de nous offrir à la patrie , nous qui déjà avons combattu pour elle. Il nous appartient de réclamer notre place à côté des citoyens-soldats.

Défenseurs de l'indépendance nationale , nous sommes dignes de défendre les libertés publiques !

De toutes parts, un cri de guerre les a menacées, la tribune nationale a répété ce cri.

La tribune nationale a révélé à la France , les complots des ennemis de la charte et leurs forfaits.

Une vaste conspiration a pour ainsi dire enveloppé notre patrie. Un magistrat a bravé les poignards pour élever une voix généreuse au milieu de la France en alarmes. Avant lui, le monarque avait dit à l'ouverture des chambres , qu'une inquiétude vague mais réelle agitait les esprits. La voix du magistrat a fait connaître les causes de cette inquiétude, dont le monarque avait averti la nation.

Des représentans du peuple ont encore démontré combien étaient justes les craintes que le roi avait conçues, et avait fait connaître aux chambres réunies.

Une puissance secrète a étendu ses machinations sur toutes les parties du royaume, partout cette puissance a élevé son influence contre l'autorité constitutionnelle du roi.

Partout cette autorité a besoin d'être rendue inatta-
quable, toute puissante ; partout la puissance secrète doit
être comprimée, anéantie.

La garde nationale veillera sans doute pour le salut de la
patrie ; mais, les vétérans français doivent être jaloux de
partager les efforts des citoyens-soldats.

Comme les gardes nationaux, les vétérans français sont
une force essentiellement sédentaire ; ils ont encore le
privilège de pouvoir se joindre à l'armée régulière pour
repousser l'étranger.

La sagesse du roi a éloigné de nous l'époque où les
vétérans français devront montrer le chemin de la victoire
à leurs successeurs.

Mais l'époque est venue, où nous devons offrir au roi
le service de bons et loyaux vétérans, à nos concitoyens
gardes nationaux le secours qu'ils ont droit d'attendre de
ceux que la loi de recrutement leur a associés.

Réunissons donc nos voix, pour demander au roi et aux
deux chambres la prompte organisation des bataillons de
vétérans, dans tous les départemens du royaume, et la
mise de ces bataillons à la disposition des autorités locales,
que la loi charge de les organiser.

Le cri de *vive le roi*, *vive la charte*, devenu le cri du
ralliement des vétérans français, suffira peut-être, pour
imposer silence aux ennemis des libertés publiques, conso-
lider le gouvernement constitutionnel, légitime, et dissiper
les inquiétudes qui ont alarmé le monarque et la nation.

J. T. F*** *ancien sous-officier à l'ar-*
mée de la Loire, vétéran français.

Art. 3.

Officier de cavalerie à l'armée de la Loire, je me vis, comme la plupart de mes camarades, réduit au traitement à demi-solde ; quinze ans de service et quatre blessures ne purent me faire replacer en 1815.

En vain je cherchai à m'employer à Paris où je suis né ; mon titre d'ancien soldat me fit repousser de toutes les administrations civiles auprès desquelles je fis des démarches pendant le courant des six premiers mois de 1816. -

J'avais retrouvé ma mère veuve et presque aveugle ; j'aurais en vain tenté de la soutenir avec ma faible demi-solde. Après m'être défait, pièce à pièce, de mon uniforme et de mes armes , je me vis menacé de la plus affreuse misère. Ma mère tomba malade , et cette circonstance rendit ma position plus cruelle encore : il fallait m'occuper ou me brûler la cervelle. Je roulais ce projet depuis deux jours , lorsque le hasard me fit remarquer dans la rue Mouffetard, faubourg St.-Marceau, une échoppe d'écrivain public, dont le propriétaire venait de mourir ; l'échoppe était à vendre , et sur-le-champ je me décidai à m'y établir. Cette profession s'accommodait à merveille à mes idées d'indépendance, à l'exiguité de mes talens et de mes ressources pécuniaires. Moyennant dix écus que me prêta mon ancien colonel, je devins propriétaire de l'échoppe ; et , sans plus tarder , je vendis au ministère de la guerre mon brevet de lieutenant, moyennant 500 francs par an pendant cinq ans. En moins de trois mois je fus au-dessus du besoin, ma mère se rétablit sans que je fusse réduit à la conduire à l'hôpital , et, je l'avoue, je ne crois pas qu'il existe à Paris un homme plus indépendant que moi.

Quoique cela nuise un peu à mes intérêts , je dois exprimer la satisfaction que j'éprouve depuis deux ans à voir chaque jour diminuer ma clientelle. Grâce aux écoles d'enseignement mutuel , les parens qui ne savent ni lire , ni écrire, n'ont plus besoin de venir me confier leurs affaires : leurs enfans , dès l'âge le plus tendre , leur servent de secrétaires.

Cet état de choses m'afflige d'autant moins, que j'espère recevoir de l'université la permission d'ouvrir une classe de garçons. J'ai l'agrément de M. le maire, et M. le curé paraît décidé à me pardonner mon ancien titre de soldat de la Loire.

Puisse la publication de la pétition suivante ne pas me ravir la bienveillance de M. le curé.

Cette pétition m'a été dictée mot pour mot par un de ses signataires, mon voisin. Elle a dû être envoyée le lendemain à son adresse. J'ai obtenu de mes clients l'autorisation de la faire imprimer, afin de la soumettre au tribunal de l'opinion publique.

Les syndic et adjoints provisoires des Chiffonniers de Paris , à MM . . . .

Nosseigneurs,

La respectable confrérie des chiffonniers de Paris nous charge de vous présenter la pétition suivante , tendante à obtenir des lettres de noblesse portant privilége exclusif d'exercer le métier de chiffonnier-crocheteur tant à Paris que dans sa banlieue.

Les motifs sur lesquels se fonde notre demande ne peuvent manquer de vous paraître de nature à être pris par vous en haute considération.

Les particuliers au nom desquels cette pétition vous est adressée , sont des hommes utiles , et dès lors , nosseigneurs , ils ont droit à votre bienveillance.

Que si quelqu'un entreprenait de contester l'utilité de notre industrie , nous le prions d'examiner si réellement la société ne nous a pas les plus grandes obligations. Grâce à notre vigilance active de jour et de nuit , rien n'est perdu dans cette immense capitale ; et nous pouvons dire, sans craindre d'être démentis , que c'est nous qui , en nous emparant de ce que le reste des hommes dédaigne et semble condamner au néant , forçons , en quelque sorte, l'industrie humaine à connaître toutes ses ressources, à faire rentrer dans le domaine des arts et du commerce , ces matières qu'un public, inhabile à les mettre en œuvre, avait rendues aux élaborations si lentes de la nature.

Notre hotte est une sorte de creuset où viennent s'épurer tous les trésors que la chimie et les arts mécaniques rendront à la circulation. Notre crochet est une sorte de baguette magique sous laquelle tout prend une valeur nouvelle. Enfin , nosseigneurs , nous nous croyons admis à prétendre que nous *concourons* tout aussi bien à la publication des ouvrages du génie , par exemple , que les électeurs d'arrondissement , dont parle la nouvelle loi des élections , concourront à la nomination des députés des départemens. Nous le demandons aux hommes de bonne foi , où les imprimeurs prendraient le papier , si nous n'envoyions pas aux papetiers le produit de nos recherches ? Or , nosseigneurs , si les ouvrages du génie sont, comme les députés des départemens, bons à quelque chose, ne pouvons-nous pas, en qualité de pourvoyeurs des fabricans de papier , prétendre à l'estime publique tout aussi bien que les électeurs d'arrondissement, qui ne sont autre chose que les pourvoyeurs des électeurs de département.

Si le droit aux distinctions sociales se fonde sur l'utilité de ceux qui les réclament, collaborateurs des écrivains immortels qui éclairent les hommes et les rendent meilleurs, les chiffonniers n'ont-ils pas droit aux honneurs publics ?

Si la noblesse, ancienne et nouvelle, est la récompense des services rendus à la patrie, nous qui rendons des services non seulement à la patrie, mais encore à l'humanité, toute entière, n'avons-nous pas droit à la noblesse tout aussi bien que les fiers paladins dont les hauts faits ont illustré le berceau de la monarchie.

La noblesse se vante d'une filiation non interrompue depuis l'origine de la monarchie jusqu'à nos jours ; les chiffonniers peuvent aussi se flatter d'appartenir aux plus anciennes familles de Paris et par conséquent du royaume, si tant est que Paris n'ait pas été fait en un jour, et qu'un certain Jules César y soit venu avant qu'il fût question de Jésus-Christ dans les annales religieuses.

Rien de plus aisé à démontrer que l'ancienneté de nos familles en tant que parisiennes.

Notre industrie ne peut s'exercer avec avantage que dans la capitale, et les chiffonniers ne peuvent, comme tant d'autres artisans, faire ce qu'on appelle leur *tour de France* ; cette seule considération prouve, sans réplique, que notre industrie est essentiellement sédentaire, et que, par conséquent, nous devons être regardés comme les plus anciens bourgeois de Paris.

Si, d'un autre côté, les nobles se vantent de descendre des mères les plus fidèles à leurs maris, c'est-à-dire, d'une pureté de race que n'a souillé aucun alliage avec le sang roturier, nous aussi, nous pouvons nous vanter de n'avoir jamais éprouvé la moindre mésalliance.

Ici, les preuves se pressent en faveur de notre opinion.

Si l'orgueil empêchait les nobles de s'allier par le mariage aux roturiers, l'orgueil aussi a dû empêcher nos voisins de s'allier aux chiffonniers ; la fidélité conjugale de nos aïeules était comme celle des marquises et des vicomtesse sous la sauve-garde des préjugés ; et de bons esprits ne balanceraient peut-être pas à nous donner en ce point le pas sur les rejetons des plus illustres maisons de l'Europe.

Quoi qu'il en soit, nosseigneurs, nous ne voulons point primer la noblesse ancienne, et nous nous contenterons de marcher ses égaux sur le fait de la pureté des races.

Si les nobles ont acquis une juste réputation comme grands chasseurs, les chiffonniers peuvent encore leur disputer le prix en ce point, et nous défierions le plus fameux hobereau des royaumes de France et de Navarre, de se présenter aussi redouté des loups, cerfs, renards, lièvres et lapins de ses domaines, que les chiffonniers le sont des chats et des chiens de Paris. Si nous avions, comme les nobles, des portes cochères et des sonnettes, il nous serait tout aussi facile qu'à eux de les orner des abattis de notre gibier ; et comme chasseurs, nous pourrions, peut-être encore, prendre le pas sur les nobles, puisque nous ne chassons que pour l'utilité publique, sans compromettre les récoltes de personne, et que dans la saison des chiens enragés, c'est à nous que l'autorité confie le soin de détruire les animaux les plus redoutables.

Enfin, nosseigneurs, nous croyons avoir suffisamment démontré : 1º L'utilité de nos services ; 2º l'ancienneté de nos familles ; 3º la pureté de nos races ; 4º enfin, notre habileté à la chasse.

Par ces motifs, nosseigneurs, nous avons l'honneur de vous prier de vouloir bien nous faire octroyer des lettres de noblesse, portant privilège exclusif d'exercer notre industrie à Paris et dans sa banlieue.

Nous vous promettons, au nom de nos commettans, de nous comporter toujours en bons, loyaux et féaux chiffonniers, et dans le cas où les élections seraient, comme nous l'espérons, remises aux mains des nobles, nous nous engageons, par serment, à choisir tout ce qu'il y aura de mieux dans les......, choses qui sont de notre compétence.

Agréez, nosseigneurs, l'hommage de l'entier dévouement avec lequel nous avons l'honneur d'être, etc.

Trotin, *syndic*, Lanternier et Nocturne, *adjoin s.*

*Copie de la lettre écrite par un grand nombre de notables.
de Lyon, le 28 avril 1820, à M. le procureur général près la cour royale de Lyon.*

Monsieur le procureur général ,

Un acte de bienfaisance éminemment Français, la souscription ouverte à Lyon en faveur des victimes de l'arbi-
traire, vient de provoquer l'attention du ministère public.
Une procédure criminelle s'instruit en ce moment contre
les auteurs, distributeurs et signataires du prospectus, et
l'on assure que les diverses polices qui surveillent la ville
ont ordre de rechercher les noms des souscripteurs. L'ho-
neur nous fait un devoir de prévenir les erreurs que pour-
rait entraîner cette investigation dont l'expérience a mon-
tré ici, plus qu'ailleurs, le danger et l'aberration. Nous
aurions pris l'initiative et nos listes seraient publiques
s'il eût été possible de prévoir que la bienfaisance devien-
drait suspecte et qu'on se formaliserait des dispositions
philanthropiques qui animent la population de cette ville :
il eût été peut-être plus convenable et plus prudent de
laisser à ces honorables dispositions le paisible dévelop-
pement qu'un gouvernement libre doit accorder à toute
institution qui ne blesse les droits de personne ; mais puisque le ministère public voit un acte séditieux dans un acte
de bienfaisance , il ne faut pas que son zèle l'égare dans
ses recherches ; nous nous empressons de lui livrer les
vrais coupables ; les sous signés déclarent qu'ils sont les
principaux auteurs , co-opérateurs, signataires et propa-
gateurs de la souscription ouverte et publiée à Lyon , en
faveur des détenus et de leurs familles qui deviendraient
victimes de la loi du 26 mars 1820.

Lyon, ce 28 avril 1820.

*(Suivent les signatures des citoyens les plus recomman-
dables de Lyon.)*

IMPRIMERIE DE MADAME JEUNEHOMME-CRÉMIÈRE,

RUE HAUTEFEUILLE , N° 20.

* 9 7 8 2 0 1 4 0 4 5 6 8 0 *